가슴속에 하나둘 새겨지는 별을

가슴속에 하나둘

새겨지는 별을

알비

01 이상

———

02 백석

03 정지용

———

04 윤동주

내차례에 못올사랑인줄은 알면서도
나혼자는
꾸준히생각하리라.
자그러면 내내 어여쁘소서

이런·시(時)

李箱

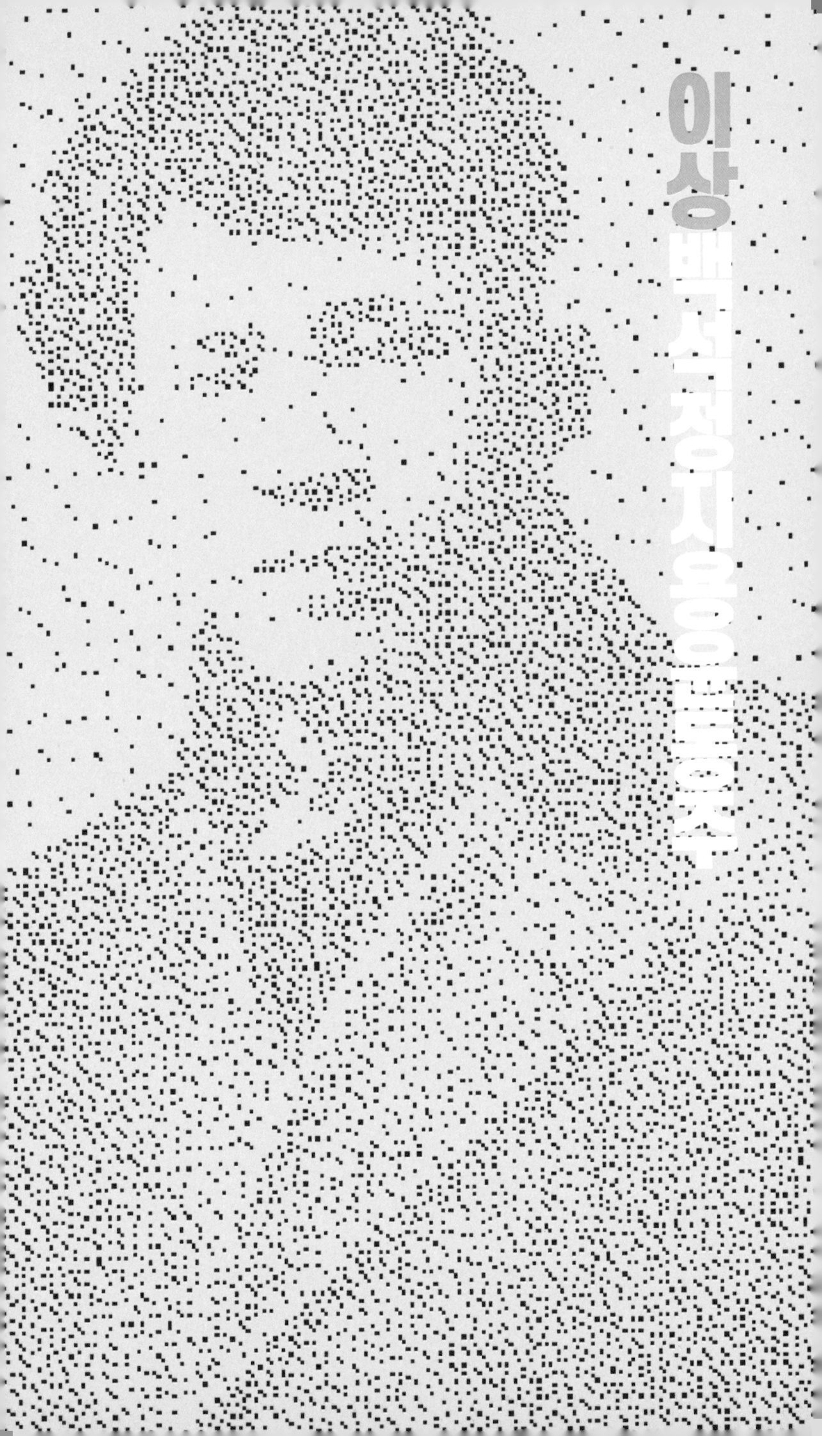
이상

척각(隻脚)
/
이상

●

목발의 길이도 세월과 더불어
점점 길어져 갔다.

신어보지도 못한 채 산적山積해 가는
외짝 구두의 수효數爻를 보면
슬프게 걸어온 거리가 짐작되었다.

종시終始 제 자신은 지상의 수목樹木의
다음 가는 것이라고 생각하였다.

거울속에는소리가없소
저렇게까지조용한세상은참없을것이오
거울속에도 내게 귀가있소
내말을못알아듣는딱한귀가두개나있소

거울속의나는왼손잡이오
내악수를받을줄모르는—
악수를모르는왼손잡이오

거울때문에나는
거울속의나를만져보지못하는구료마는
거울아니었던들
내가어찌거울속의나를만나보기만이라도했겠소

나는지금거울을안가졌소마는
거울속에는늘거울속의내가있소
잘은모르지만외로된사업에골몰할게요

거울속의나는참나와는반대요마는
또꽤닮았소
나는거울속의나를
근심하고진찰할수없으니퍽섭섭하오

—

거울 / 이상

거울속에는소리가없소
저렇게까지조용한세상은참없을것이오
거울속에도 내게 귀가있소
내말을못알아듣는딱한귀가두개나있소

거울속의나는왼손잡이오
내악수를받을줄모르는-
악수를모르는왼손잡이오

—

거울 / 이상

이런 시(詩)
/
이상

●

역사役事를 하노라고 땅을파다가 커다란돌을
하나 끄집어 내어놓고보니 도무지어디인가 본
듯한 생각이들게 모양이생겼는데 목도들이 그
것을메고나가더니 어디다갖다버리고 온모양
이길래 쫓아나가보니 위험危險하기 짝이없는
큰길가더라. 그날밤에 한소나기하였으니 필시
必是 그돌이깨끗이씻겼을터인데 그이튿날가
보니까 변괴로다 간데온데없더라. 어떤돌이와
서 그돌을업어갔을까 나는참이런처량悽凉한
생각에서아래와같은작문을지었다.

「내가 그다지 사랑하던 그대여 내한평생平生
에 차마 그대를 잊을수없소이다.
내차례에 못올사랑인줄은 알면서도 나혼자는
꾸준히생각하리라. 자그러면 내내 어여쁘소
서」
어떤돌이 내얼굴을 물끄러미 치어다보는것만
같아서 이런詩는 그만찢어버리고싶더라

——

16

벌판한복판에꽃나무하나가있소.
근처에는꽃나무가하나도없소.
꽃나무는제가생각하는꽃나무를
열심으로생각하는것처럼
열심으로꽃을피워가지고섰소.
꽃나무는제가생각하는꽃나무에게갈수없소.
나는막달아났소.
한꽃나무를위하여그러는것처럼
나는참그런이상스러운흉내를내었소.

—

꽃나무 / 이상

내 마음에 크기는
한 개 궐련 기러기만하다고 그렇게
보고, 처심處心은 숫제 성냥을 그어
궐련을 붙여서는
숫제 내게 자살을 권유하는 도다.
내 마음은 과연 바지작 바지작 타들어가고
타는 대로 작아가고,
한 개 궐련 불이 손가락에 옮겨 붙으렬 적에
과연 나는 내 마음의 공동空洞에 마지막
재가 떨어지는 부드러운
음향을 들었더니라.

처심은 재떨이를 버리듯이
大門밖으로 나를 쫓고, 완전한 공허
를 시험하듯이 한 마디 노크를 내 옷깃에
남기고 그리고 조인調印이
끝난듯이 빗장을 미끄러뜨리는 소리
여러번 굽은 골목이 담장이 左右 못 보는
내 아픈 마음에 부딪혀 달은 밝은데
그때부터 가까운 길을 일부러 멀리 걷는 버
릇을 배웠더니라.

—

무제(無題) 2 / 이상

여울에서는도도한소리를치며
비류강이흐르고있다.
그수면에아른아른한자색층이어린다.
십이봉봉우리로차단되어
내가서성거리는훨씬후력까지도
이미황혼이깃들어있다
으스름한대기를누벼가듯이
지하로지하로숨어버리는하류는
검으틱틱한게퍽은싸늘하구나.
십이봉사이로는
빨갛게물든노을이바라보이고
鐘이울린다.
不幸이여
지금강변에황혼의그늘
땅을길게뒤덮고도오히려남을손不幸이여
소리날세라신방에창장을치듯
눈을감는자나는보잘것없이낙백한사람.
이젠아주어두워들어왔구나
십이봉사이사이로
하마별이하나둘모여들기시작아닐까
나는그것을보려고하지않았을뿐
차라리초원의어느일점을응시한다.
門을닫은것처럼캄캄한色을띠운채
이제비류강은무겁게도도사려앉는것같고
내육신도천근
주체할도리가없다

한개(個)의 밤 / 이상

한개(個)의 밤
/
이상

●

십이봉사이사이로
하마별이하나둘모여들기시작아닐까
나는그것을보려고하지않았을뿐
차라리초원의어느일점을응시한다.
門을닫은것처럼캄캄한色을띠운채
이제비류강은무겁게도도사려앉는것같고
내육신도천근
주체할도리가없다

—

사과한알이떨어졌다
지구는부서질정도로상했다
최후最後
이제어떠한정신도싹트지않는다

—

최후(最後)
/
이상

회한의 장(章)
/
이상

●

가장 무력한 사내가 되기 위해
나는 얼금뱅이었다.
세상에 한 여성조차
나를 돌아보지는 않는다.
나의 나태는 안심이다.

양팔을 자르고
나의 직무를 회피한다.
이제는 나에게
일을 하라는 자는 없다.
내가 무서워하는 지배는
어디서도 찾아볼 수 없다.

역사는 무거운 짐이다.
세상에 대한 사표 쓰기란
더욱 무거운 짐이다.

나는 나의 문자들을
가둬 버렸다.
도서관에서 온 소환장을
이제 난 읽지 못한다.

나는 이젠 세상에 맞지 않는 옷이다.
봉분보다도 나의 의무는 적다.
나에겐 그 무엇을 이해해야하는
고통은 완전히 사라져 버렸다.

나는 아무 때문도 보지는 않는다.
그렇기 때문에 나는
아무것에게도 또한 보이지 않을 게다.
처음으로 나는
완전히 비겁해지기에 성공한 셈이다.

———

_____

_____

_____

_____

_____

_____

_____

_____

_____

_____

_____

_____

꽃이보이지않는다. 꽃이향기롭다. 향기가만개한다. 나는거기묘혈을판다. 묘혈도보이지않는다. 보이지않는묘혈속에나는들어앉는다. 나는눕는다. 또꽃이향기롭다. 꽃은보이지않는다. 향기가만개한다. 나는잊어버리고재再처거기묘혈을판다. 묘혈은보이지않는다. 보이지않는묘혈로나는꽃을깜빡잊어버리고들어간다. 나는정말눕는다. 아아. 꽃이또향기롭다. 보이지도않는꽃이- 보이지도않는꽃이.

—

절벽(絶壁) / 이상

34

명경(扉詩明鏡)
/
이상

●

여기 한페-지 거울이있으니
잊은계절(季節)에서는
엱은머리가 폭포처럼내리우고

울어도 젖지않고
맞대고 웃어도 휘지않고
장미처럼 착착 접힌
귀
들여다보아도 들여다 보아도
조용한세상이 맑기만하고
코로는 피로한 향기가 오지 않는다.

만적 만적하는대로 수심이평행하는
부러 그러는것같은 거절
우右편으로 옮겨앉은 심장일망정 고동이
없으란법 없으니

설마 그러랴? 어디촉진……하고 손이갈때
지문이지문을 가로막으며
선뜩하는 차단뿐이다.

오월이면 하루 한번이고
열번이고 외출하고 싶어 하더니
나갔던길에 안돌아오는 수도 있는법

거울이 책장같으면 한장 넘겨서
맞섰던 계절季節을 만나련만
여기있는 한페-지
거울은 페-지의 그냥표지表紙-

눈은 푹푹 나리고
아름다운 나타샤는 나를 사랑하고
어데서 흰 당나귀도 오늘밤이 좋아서
응앙응앙 울을 것이다

나와 나타샤와 흰 당나귀

白石

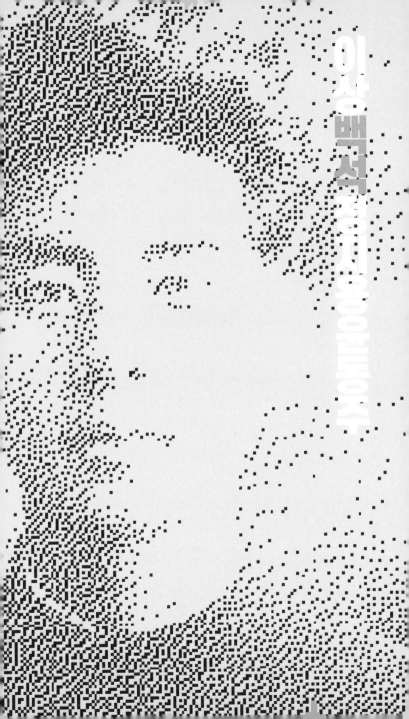

내가 이렇게 외면하고 거리를 걸어가는 것은
잠풍날씨가 너무나 좋은 탓이고
가난한 동무가 새 구두를 신고 지나간 탓이고
언제나 꼭같은 넥타이를 매고 고운사람을 사랑하는 탓이다

내가 이렇게 외면하고 거리를 걸어가는 것은
또 내 많지 못한 월급이 얼마나 고마운 탓이고
이렇게 젊은 나이로 코밑수염도 길러보는 탓이고
그리고 어느 가난한 집 부엌으로 달재 생선을
진장에 꼿꼿이 지진 것은
맛도 있다는 말이 자꾸 들려오는 탓이다

내가 이렇게 외면하고 / 백석

모닥불
/
백석

●

새끼오리도 헌신짝도 소똥도 갓신창도 개니빠
디도 너울쪽도 짚검불도 가락닢도 머리카락도
헌겊조각도 막대꼬치도 기와장도 닭의깃도 개
터럭도 타는 모닥불

재당도 초시도 문장門長늙은이도 더부살이아
이도 새사위도 갓사둔도 나그네도 주인도 할
아버지도 손자도 붓장사도 땜쟁이도 큰 개도
강아지도 모두 모닥불을 쪼인다

모닥불은 어려서우리할아버지가 어미아비없
는 서러운아이로 불상하니도 몽둥발이가뒨 슬
픈력사가있다

—

외갓집
/
백석

●

내가 언제나 무서운 외가집은

초저녁이면 안팎마당이 그득하니 하아얀 나비
수염을 물은 보득지근한 복 족제비들이 씨굴
씨굴 모여서는 쨩쨩 쨩쨩 쇳스럽게 울어 대고

밤이면 무엇이 기와곬에 무리돌을 던지고 뒤
울안 배낡에 쩨듯하니 줄등을 헤여 달고 부뚜
막의 큰 솥 적은 솥을 모주리 뽑아 놓고 재통
에 간 사람의 목덜미를 그냥 그냥 나려 눌러선
잿다리 아래로 쳐박고

그리고 새벽녘이면 고방 시렁에 채국채국 엎
어둔 모랭이 목판 시루며 함지가 땅바닥에 넘
너른히 널리는 집이다.

—

바닷가에 왔드니
바다와 같이 당신이 생각만 나는구려
바다와 같이 당신을 사랑하고만 싶구려

구붓하고 모래톱을 오르면
당신이 앞선 것만 같구려
당신이 뒤선 것만 같구려

그리고 지중지중 물가를 거닐면
당신이 이야기를 하는 것만 같구려
당신이 이야기를 끊는 것만 같구려

바닷가는
개지꽃에 개지 아니 나오고
고기비늘에 하이얀 햇볕만 쇠리쇠리하야
어쩐지 쓸쓸만 하구려 섧기만 하구려

바다 / 백석

밖은 봄철날 따디기의 누굿하니 푹석한 밤이다
거리에는 사람두 많이 나서 흥성흥성 할 것이다
어쩐지 이 사람들과 친하니 싸단니고 싶은 밤이다

그렇건만 나는 하이얀 자리 우에서 마른 팔뚝의 샛
파란 핏대를 바라보며 나는 가난한 아버지를 가진
것과 내가 오래 그려오든 처녀가 시집을 간 것과 그
렇게도 살뜰하든 동무가 나를 버린 일을 생각한다

또 내가 아는 그 몸이 성하고 돈도 있는 사람들이
즐거이 술을 먹으려 단닐 것과 내 손에는 신간서 하
나도 없는 것과 그리고 그 「아서라 세상사」라도 들
을 류성기도 없는 것을 생각한다

그리고 이러한 생각이 내 눈가를 내 가슴가를 뜨겁
게 하는 것도 생각한다

—

내가 생각하는 것은 / 백석

촌에서 온 아이
/
백석

●

촌에서 온 아이여
촌에서 어제밤에 승합자동차乘合自動車를
타고 온 아이여
이렇게 추운데 웃동에 무슨 두룽이 같은 것을
하나 걸치고 아랫두리는 쪽 발가벗은 아이여
뽈다구에는 징기징기 앙광이를 그리고
머리칼이 놀한 아이여
힘을 쓸랴고 벌써부터 두 다리가 푸둥푸둥하니
살이 찐 아이여
너는 오늘 아츰 무엇에 놀라서 우는구나
분명코 무슨 거짓되고 쓸데없는 것에 놀라서
그것이 네 맑고 참된 마음에 분해서 우는구나
이 집에 있는 다른 많은 아이들이
모도들 욕심 사납게 지게굳게 일부러 청을 돋혀서
어린아이들 치고는 너무나 큰소리로
너무나 뒤겁많은 소리로 울어대는데

너만은 타고난 그 외마디소리로
스스로웁게 삼가면서 우는구나
네 소리는 조금 썩심하니 쉬인 듯도 하다

네 소리에 내 마음은 반끗히 밝어오고
또 호끈히 더워오고 그리고 즐거워온다
나는 너를 껴안어 올려서 네 머리를 쓰다듬고
힘껏 네 적은 손을 쥐고 흔들고 싶다
네 소리에 나는 촌 농사집의 저녁을 짓는 때
나주볕이 가득 드리운 밝은 방안에 혼자 앉어서
실감기며 버선짝을 가지고
쓰렁쓰렁 노는 아이를 생각한다
또 여름날 낮 기운 때 어른들이 모두 벌에 나가고
텅 뷔인 집 토방에서 햇강아지의 쌀랑대는 성화를
받어가며 닭의똥을 주어먹는 아이를 생각한다
촌에서 와서 오늘 아츰 무엇이 분해서 우는 아이여
너는 분명히 하눌이 사랑하는 시인詩人이나 농사꾼
이 될 것이로다

___

흰 바람벽이 있어
/
백석

●

오늘 저녁 이 좁다란 방의 흰 바람벽에
어쩐지 쓸쓸한 것만이 오고 간다
이 흰 바람벽에
희미한 십오촉 전등이 지치운 불빛을 내어던지고
때 글은 다 낡은 무명샷쯔가 어두운 그림자를 쉬이고
그리고 또 달디단 따끈한 감주나 한잔 먹고 싶다고
생각하는 내 가지가지 외로운 생각이 헤매인다
그런데 이것은 또 어인 일인가

이 흰 바람벽에
내 가난한 늙은 어머니가 있다
내 가난한 늙은 어머니가
이렇게 시퍼러둥둥하니 추운 날인데 차디찬 물에 손
은 담그고 무이며 배추를 씻고 있다
또 내 사랑하는 사람이 있다

내 사랑하는 어여쁜 사람이
어늬 먼 앞대 조용한 개포가의 나지막한 집에서
그의 지아비와 마조 앉어 대구국을 끓여놓고 저녁을
먹는다
벌써 어린것도 생겨서 옆에 끼고 저녁을 먹는다
그런데 또 이즈막하야 어늬 사이엔가

이 흰 바람벽엔
내 쓸쓸한 얼골을 처다보며 이러한 글자들이 지나간다
― 나는 이 세상에서 가난하고 외롭고 높고 쓸쓸하니
살어가도록 태어났다
그리고 이 세상을 살어가는데 내 가슴은 너무도 많이
뜨거운 것으로 호젓한 것으로 사랑으로 슬픔으로 가득
찬다 그리고 이번에는 나를 위로하는 듯이 나를 울력
하는 듯이 눈질을 하며 주먹질을 하며 이런 글자들이
지나간다
― 하눌이 이 세상을 내일 적에 그가 가장 귀해하고 사
랑하는 것들은 모두 가난하고 외롭고 높고 쓸쓸하니
그리고 언제나 넘치는 사랑과 슬픔속에 살도록 만드신
것이다
초생달과 바구지꽃과 짝새와 당나귀가 그러하듯이
그리고 또「프랑시쓰 쨈」과 도연명과「라이넬 마리아 릴
케」가 그러하듯이

―

흙담벽에 볓이따사하니
아이들은 물코를흘리며
무감자를먹었다

돌덜구에 천상수가 차게
복숭아나무에 시라리타래가 말러갔다

—

초동일(初冬日) / 백석

여승(女僧)
/
백석

●

여승은 합장하고 절을 했다
가지취의 내음새가 났다
쓸쓸한낯이 넷날같이 늙었다
나는 불경佛經처럼 설어워졌다

평안도의 어늬 산깊은 금덤판
나는 파리한여인에게서 옥수수를샀다
여인은 나어린딸아이를따리며
가을밤같이 차게 울었다

섶벌같이 나아간지아비 기다려 십년이갔다
지아비는 돌아오지 않고
어린딸은 도라지꽃이좋아 돌무덤으로갔다

산꿩도 설게 울은 슲븐날이있었다
산절의마당귀에 여인의머리오리가
눈물방울과 같이 떨어진날이있었다

—

가난한 내가
아름다운 나타샤를 사랑해서
오늘밤은 푹푹 눈이나린다
나타샤를 사랑은 하고
눈은 푹푹 나리고
나는 혼자 쓸쓸히 앉어 소주를 마신다
소주를 마시며 생각한다
나타샤와 나는
눈이 푹푹 쌓이는밤 흰당나귀타고
산골로 가쟈
출출이 우는 깊은 산골로가 마가리에 살자
눈은 푹푹 나리고
나는 나타샤를 생각하고
나타샤가 아니올 리 없다
언제 벌써 내 속에 고조곤히 와 이야기한다
산골로 가는 것은 세상한테 지는 것이 아니다
세상 같은 건 더러워 버리는 것이다
눈은 푹푹 나리고
아름다운 나타샤는 나를 사랑하고
어데서 흰 당나귀도 오늘밤이 좋아서 응앙응앙 울을
것이다

나와 나타샤와 흰 당나귀 / 백석

●

눈은 푹푹 나리고 나는 나타샤를 생각하고
나타샤가 아니올 리 없다
언제 벌써 내 속에 고조곤히 와 이야기한다
산골로 가는 것은 세상한테 지는 것이 아니다
세상 같은 건 더러워 버리는 것이다
눈은 푹푹 나리고
아름다운 나타샤는 나를 사랑하고
어데서 흰 당나귀도
오늘밤이 좋아서 응앙응앙 울을 것이다

―

나와 나타샤와 흰 당나귀 / 백석

넓은 벌 동쪽 끝으로
옛이야기 지줄대는 실개천이 회돌아 나가고,
얼룩백이 황소가
해설피 금빛 게으른 울음을 우는 곳,
그 곳이 참하 꿈엔들 잊힐리

향수

鄭芝溶

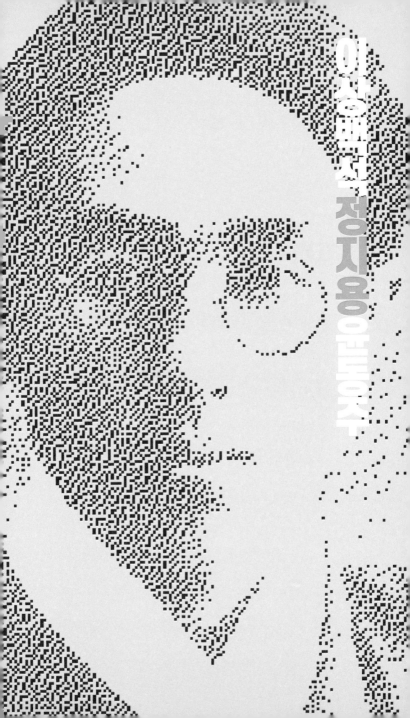

이승희가 정지용얼굴

유리창 1
/
정지용

●

유리에 차고 슬픈것이 어린거린다.
열없이 붙어서서 입김을 흐리우니
길들은양 언날개를 파다거린다.
지우고 보고 지우고 보아도
새까만 밤이 밀려나가고 밀려와 부디치고,
물먹은 별이, 반짝, 보석처럼 백힌다.
밤에 홀로 유리를 닥는것은
외로운 황홀한 심사 이어니,
고흔 폐혈관이 찢어진 채로
아아, 늬는 산ㅅ새처럼 날러 갔구나!

―

카페·프란스
/
정지용

●

옴겨다 심은 종려나무 밑에
빗두루 슨 장명등,
카페 · 프란스에 가쟈.

이놈은 루바쉬카
또 한놈은 보헤미안 넥타이
뺏적 마른 놈이 압장을 섰다.

밤비는 뱀눈 처럼 가는데
페이브멘트에 호늙이는 불빛
카페 · 프란스에 가쟈.

이 놈의 머리는 빗두른 능금
또 한놈의 심장은 벌레 먹은 장미
제비 처럼 젖은 놈이 뛰여 간다.

　　　　　※

『오오 패롵 서방 ! 꾿 이브닝!』

『꾿 이브닝!』(이 친구 어떠하시오?)

울금향 아가씨는 이밤에도
경사 커-틴 밑에서 조시는구료!

나는 자작의 아들도 아모것도 아니란다.
남달리 손이 히여서 슬프구나!

나는 나라도 집도 없단다
대리석 테이블에 닷는 내뺨이 슬프구나!

오오, 이국종 강아지야
내발을 빨어다오.
내발을 빨어다오.

——

넓은 벌 동쪽 끝으로
옛이야기 지줄대는 실개천이 회돌아 나가고,
얼룩백이 황소가
해설피 금빛 게으른 울음을 우는 곳,

― 그 곳이 참하 꿈엔들 잊힐리야.

질화로에 재가 식어지면
뷔인 밭에 밤바람 소리 말을 달리고,
엷은 조름에 겨운 늙으신 아버지가
짚벼개를 돋아 고이시는 곳,

― 그 곳이 참하 꿈엔들 잊힐리야.

흙에서 자란 내 마음
파아란 하늘 빛이 그립어
함부로 쏜 화살을 찾으려
풀섶 이슬에 함추름 휘적시든 곳,

― 그 곳이 참하 꿈엔들 잊힐리야.

전설바다에 춤추는 밤물결 같은
검은 귀밑머리 날리는 어린 누의와
아무러치도 않고 여쁠것도 없는
사철 발벗은 안해가
따가운 해ㅅ살을 등에지고 이삭 줏던 곳,

— 그 곳이 참하 꿈엔들 잊힐리야.

하늘에는 석근 별
알수도 없는 모래성으로 발을 옮기고,
서리 까마귀 우지짖고 지나가는 초라한 집웅,
흐릿한 불빛에 돌아 앉어 도란 도란거리는 곳,

— 그 곳이 참하 꿈엔들 잊힐리야.

—

향수 / 정지용

향수
/
정지용

전설바다에 춤추는 밤물결 같은
검은 귀밑머리 날리는 어린 누의와
아무러치도 않고 여쁠것도 없는
사철 발벗은 안해가
따가운 해ㅅ살을 등에지고 이삭 줏던 곳,

— 그 곳이 참하 꿈엔들 잊힐리야.

하늘에는 석근 별
알수도 없는 모래성으로 발을 옮기고,
서리 까마귀 우지짖고 지나가는 초라한 집웅,
흐릿한 불빛에 돌아 앉어 도란 도란거리는 곳,

— 그 곳이 참하 꿈엔들 잊힐리야.

—

●

우리들의 기차는 아지랑이 남실거리는 섬나라 봄날
왼하로를 익살스런 마드로스 파이프로 피우며 간
단 다.
우리들의 기차는 느으릿 느으릿 유월소 걸어가듯
걸어 간 단 다.

우리들의 기차는 노오란 배추꽃 비탈밭 새로 헐레
벌덕어리며 지나 간 단 다.

나는 언제든지 슬프기는 슬프나마 마음만은 가벼워
나는 차창에 기댄 대로 희파람이나 날리쟈.

먼데 산이 군마처럼 뛰여오고 가까운데 수풀이 바
람처럼 불려 가고
유리판을 펼친듯, 뢰호내해 퍼언한 물 물. 물. 물.
손까락을 담그면 포도빛이 들으렀다.

입술에 적시면 탄산수처럼 끓으렀다.
복스런 돛폭에 바람을 안고 웃배가 팽이 처럼 밀려
가 다 간, 나비가 되여 날러간다.

나는 차창에 기댄대로 옥토끼처럼 고마운 잠이나
들쟈. 청만틀 깃자락에 마담.R의 고달픈 뺨이 붉으
레 피였다, 고은 석탄불처럼 이글거린다. 당치도 않
은 어린아이 잠재기 노래를 부르심은 무슨 뜻이뇨?

　　　　잠 들어라.
　　　　가여운 내 아들아.
　　　　잠 들어라.

나는 아들이 아닌것을, 웃수염 자리 잡혀가는, 어린
아들이 버얼서 아닌것을.
나는 유리쪽에 가깝한 입김을 비추어
내가 제일 좋아하는 이름이나 그시며 가쟈.
나는 늬긋 늬긋한 가슴을 밀감쪽으로나 씻어나리쟈.

대수풀 울타리마다 요염妖艶한 관능과 같은
홍춘紅椿이 피맺혀 있다.
마당마다 솜병아리 털이 푹신 푹신 하고,
집웅마다 연기도 아니뵈는 해ㅅ볕이 타고 있다.
오오, 개인 날세야,
사랑과 같은 어질머리야, 어질머리야.

청만틀 깃자락에 마담 R의 가여운 입술이 여태껏 떨
고 있다.
누나다운 입술을 오늘이야 싫것 절하며 갑노라.
나는 언제든지 슬프기는 슬프나마,
오오, 나는 차보다 더 날러 가랴지는 아니하랸다.

—

슬픈기차 / 정지용

84

임종
/
정지용

●

나의 림종하는 밤은
귀또리 하나도 울지 말라.

나종 죄를 들으신 신부는
거룩한 산파처럼 나의영혼을 갈르시라.

성모취결례 미사때 쓰고남은 황촉불!

담머리에 숙인 해바라기꽃과 함께
다른 세상의 태양을 사모하여 돌으라.

영원한 나그내ㅅ길 노자로 오시는
성주 예수의 쓰신 원광!
나의 령혼에 칠색의 무지개를 심으시라.

나의 평생이오 나종인 괴롬!
사랑의 백금도가니에 불이 되라.

달고 달으신 성모의 일흠 불으기에
나의 입술을 타게하라.

—

풍랑몽 1
/
정지용

●

당신 께서 오신다니
당신은 어찌나 오시랴십니가.

끝없는 우름 바다를 안으올때
포도빛 밤이 밀려 오듯이,
그모양으로 오시랴십니가.

당신 께서 오신다니
당신은 어찌나 오시랴십니가.

물건너 외딴 섬, 은회색 거인이
바람 사나운 날, 덮처 오듯이,
그모양으로 오시랴십니가.

당신 께서 오신다니
당신은 어찌나 오시랴십니가.

창밖에는 참새떼 눈초리 무거웁고
창안에는 시름겨워 턱을 고일때,
은고리 같은 새벽달
붓그럼성 스런 낯가림을 벗듯이,
그모양으로 오시랴십니가.

외로운 조름, 풍랑에 어리울때
앞 포구에는 궂은비 자욱히 들리고
행선배 북이 웁니다, 북이 웁니다.

해바라기 씨를 심자.
담모퉁이 참새 눈 숨기고
해바라기 씨를 심자.

누나가 손으로 다지고 나면
바둑이가 앞발로 다지고
괭이가 꼬리로 다진다.

우리가 눈감고 한밤 자고 나면
어실이 나려와 가치 자고 가고,

우리가 이웃에 간 동안에
해ㅅ빛이 입마추고 가고,

해바라기는 첫시약시 인데
사흘이 지나도 부끄러워
고개를아니 든다.

가만히 엿보러 왔다가
소리를 깩! 지르고 간놈이-
오오, 사철나무 잎에 숨은
청개고리 고놈 이다.

___

해바라기 씨 / 정지용

해바라기 씨
/
정지용

●

해바라기 씨를 심자.
담모퉁이 참새 눈 숨기고
해바라기 씨를 심자.

누나가 손으로 다지고 나면
바둑이가 앞발로 다지고
괭이가 꼬리로 다진다.

우리가 눈감고 한밤 자고 나면
어실이 나려와 가치 자고 가고,

우리가 이웃에 간 동안에
해ㅅ빛이 입마추고 가고,

—

●

선뜻 ! 뜨인 눈에 하나 차는 영창달이
이제 밀물처럼 밀려 오다.
미욱한 잠과 벼개를 벗어나
부르는이 없이 불려 나가다.

※

한밤에 홀로 보는 나의 마당은 호수같이
둥그시 차고 넘치노나.

쪼그리고 앉은 한옆에
흰돌도 이마가 유달리 함초롬 곻아라.
연연턴 녹음, 수묵색으로 짙은데
한창때 곤한 잠인양 숨소리 설키도다.

비듥이는 무엇이 궁거워 구구 우느뇨,
오동나무 꽃이야 못견디게 향그럽다.

—

달 / 정지용

바다 5
/
정지용

●
바둑 돌 은
내 손아귀에 만적지는것이
퍽은 좋은가 보아.

그러나 나는
푸른바다 한복판에 던졌지.

바둑돌은
바다로 각구로 떠러지는것이
퍽은 신기 한가 보아.

당신 도 인제는
나를 그만만 만지시고,
귀를 들어 팽개를 치십시요.

나 라는 나도
바다로 각구로 떠러지는 것이,
퍽은 시원 해요.

바둑 돌의 마음과
이 내 심사는
아아무도 모르지라요.

오월소식
/
정지용

●

오동나무 꽃으로 불밝힌 이곳 첫여름이 그립지 아니한가?
어린 나그내 꿈이 시시로 파랑새가 되여오려니.
나무 밑으로 가나 책상 턱에 이마를 고일 때나,
네가 남기고 간 기억만이 소근 소근거리는구나.

모초롬만에 날러온 소식에 반가운 마음이 울렁거리여
가여운 글자마다 먼 황해가 남설거리나니.

……나는 갈매기 같은 종선을 한창 치달리고 있다……

쾌활한 오월넥타이가 내처 난데없는 순풍이 되여,
하늘과 딱닿은 푸른 물결우에 솟은,
외따른 섬 로만틱을 찾어 갈가나.

일본말과 아라비아 글씨를 아르키러간
쬐그만 이 페스탈로치야, 꾀꼬리 같은 선생님 이야,
날마나 밤마다 섬둘레가 근심스런 풍랑에 씹히는가 하노니,
은은히 밀려 오는듯 머얼리 우는 오르간 소리……

―

비애! 너는 모양할수도 없도다.
너는 나의 가장 안에서 살었도다.

너는 박힌 화살, 날지안는 새,
나는 너의 슬픈 울음과 아픈 몸짓을 진히노라.

너를 돌려보낼 아모 이웃도 찾지 못하였노라.
은밀히 이르노니—「행복」이 너를 아조 싫여하더라.

너는 짐짓 나의 심장을 차지하였더뇨?
비애! 오오 나의 신부! 너를 위하야
나의 창과 우슴을 닫었노라.

이제 나의 청춘이 다한 어느날 너는 죽었도다.
그러나 너를 묻은 아모 석문도
보지 못하였노라.

스사로 불탄 자리 에서 나래를 펴는
오오 비애! 너의 불사조 나의 눈물이여!

—

불사조 / 정지용

가슴속에 하나 둘 새겨지는 별을
이제 다 못헤는것은
쉬이 아침이 오는 까닭이오,
내일밤이 남은 까닭이오,
아직 나의 청춘이 다하지 않은 까닭입니다.

별 헤는 밤

尹東柱

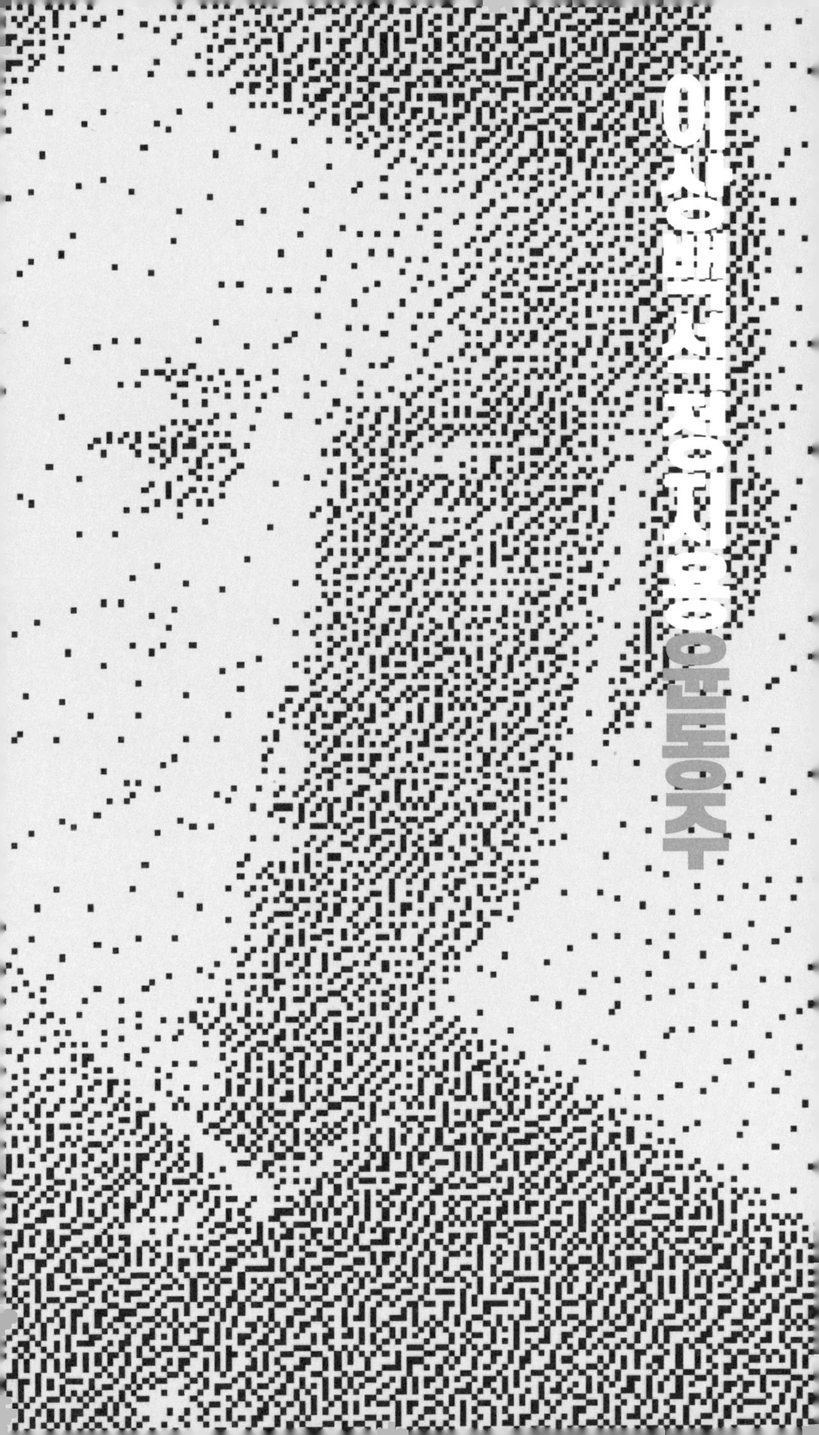
이상 백석 정지용
안도현

창밖에 밤비가 속살거려
육첩방六疊房은 남의 나라

시인이란 슬픈 천명天命인줄 알면서도
한줄 시를 적어 볼까

땀내와 사랑내 포근히 품긴
보내주신 학비봉투를받어

대학노-트를 끼고
늙은교수의 강의 들으러간다.

생각해보면 어린때동무를
하나, 둘, 죄다 잃어버리고

나는 무얼 바라
나는 다만, 홀로 침전沈澱하는 것일까?

인생은 살기어렵다는데
시가 이렇게 쉽게 씨워지는것은
부끄러운 일이다.

육첩방은 남의 나라
창밖에 밤비가 속살거리는데

등불을 밝혀 어둠을 조금 내몰고
시대처럼 올 아침을 기다리는 최후의 나

나는 나에게 적은 손을 내밀어
눈물과 위안으로 잡는 최초의 악수.

—

쉽게 씨워진時 / 윤동주

쉽게 씨워진詩
/
윤동주

●

인생은 살기어렵다는데
시가 이렇게 쉽게 씨워지는것은
부끄러운 일이다.

육첩방은 남의 나라
창밖에 밤비가 속살거리는데

등불을 밝혀 어둠을 조금 내몰고
시대처럼 올 아침을 기다리는 최후의 나

—

소년(少年) / 윤동주

●

여기저기서 단풍닢 같은 슬픈가을이 뚝뚝 떠러진
다. 단풍잎 떠러져 나온 자리마다 봄을 마련해 놓고
나무가지 우에 하늘이 펼쳐있다. 가만이 하늘을 들
여다 보려면 눈섭에 파란 물감이 든다. 두손으로 따
뜻한 볼을 쓰서보면 손바닥에도 파란 물감이 묻어
난다. 다시 손바닥을 드려다 본다. 손금에는 맑은 강
물이 흐르고, 맑은 강물이 흐르고, 강물속에는 사랑
처럼 슬픈얼골― 아름다운 순이順伊의 얼골이 어린
다. 소년은 황홀이 눈을 감어 본다. 그래도 맑은 강
물은 흘러 사랑처럼 슬픈얼골― 아름다운 순이의 얼
골은 어린다.

사랑스런 추억(追憶) / 윤동주

●

봄이 오든 아침, 서울 어느쪼그만 정거장에서
희망과 사랑처럼 기차를 기다려,

나는 플랫폼에 간신한그림자를 떨어트리고,
담배를 피웠다.

내 그림자는 담배연기 그림자를날리고,
비둘기 한떼가 부끄러울것도없이
나래속을 속, 속, 햇빛에 비춰, 날었다.

기차는 아무 새로운 소식도 없이
나를 멀리 실어다주어,

봄은 다 가고- 동경 교외 어느 조용한 하숙방
에서, 옛거리에 남은 나를 희망과 사랑처럼
그리워한다.

오늘도 기차는 몇번이나 무의미하게 지나가고,
오늘도 나는 누구를기다려 정거장 가차운
언덕에서 서성거릴게다.

-아아 젊음은 오래 거기 남어있거라.

태양을 사모하는 아이들아
별을 사랑하는 아이들아

밤이 어두웠는데
눈감고 가거라.

가진바 씨앗을
뿌리면서 가거라

발뿌리에 돌이 채이거든
감었든 눈을 왓작떠라.

―

눈감고 간다 / 윤동주

죽는 날까지 하늘을 우러러
한점 부끄럼이 없기를,
잎새에 이는 바람에도
나는 괴로워했다.
별을 노래하는 마음으로
모든 죽어가는것을 사랑해야지
그리고 나한테 주어진 길을
거러가야겠다.
오늘밤에도 별이 바람에 스치운다.

서시 / 윤동주

아우의 인상화(印像畵)
/
윤동주

●

붉은 이마에 싸늘한 달이 서리여
아우의 얼굴은 슬픈 그림이다.

발거름을 멈추어
살그면히 애딘 손을 잡으며
「너는 자라 무엇이 되려니」
「사람이 되지」
아우의 설은 진정코 설은 대답이다.

슬며시 잡엇든 손을 놓고
아우의 얼굴을 다시 들여다 본다.

싸늘한 달이 붉은 이마에 젖어
아우의 얼골은 슬픈 그림이다.

——

내일은 없다
/
윤동주

●

내일내일 하기에
물엇더니.

밤을자고 동틀 때
내일이라고.

새날을 찬은나는
잠을자고 돌보니.

그때는 내일이아니라.
오늘이더라,

무리여!
내일은 없나니…

—

잃어 버렸습니다.
무얼 어디다 잃었는지 몰라
두손이 주머니를 더듬어
길에 나아갑니다.

돌과 돌과 돌이 끝없이 연달아
길은 돌담을 끼고 갑니다.

담은 쇠문을 굳게 닫아
길우에 긴 그림자를 드리우고

길은 아츰에서 저녁으로
저녁에서 아츰으로 통했습니다.

돌담을 더듬어 눈물 짓다
처다보면 하늘은 부끄럽게 프릅니다.

풀 한포기 없는 이길을 걷는것은
담저쪽에 내가 남어 있는 까닭이고,
내가 사는것은 '다만'
잃은것을 찾는 까닭입니다.

———

길 / 윤동주

참회록(懺悔錄) / 윤동주

●

파란 녹이 낀 구리 거울속에
내얼골이 남어있는것은
어느 왕조의유물이기에
이다지도 욕될가

나는 나의 참회懺悔의 글을 한줄에 주리자.
―만이십사년일개월을
무슨 기쁨을 바라 살아왔든가

내일이나 모레나 그 어느 즐거운날에
나는 또 한 줄의 참회록을 써야 한다.
―그 때 그 젊은 나이에
왜 그런 부끄런 고백告白을 했든가.

밤이면 밤마다 나의 거울을
손바닥으로 발바닥으로 닦어보자.

그러면 어느 운석隕石밑으로 홀로 걸어가는
슬픈 사람의 뒷모양이
거울 속에 나타나온다.

―

계절이 지나가는 하늘에는
가을로 가득 차있습니다.

나는 아무 걱정도 없이
가을속의 별들을 다 헤일듯합니다.

가슴속에 하나 둘 새겨지는 별을
이제 다 못헤는것은
쉬이 아침이 오는 까닭이오,
내일밤이 남은 까닭이오,
아직 나의 청춘이 다하지 않은 까닭입니다.

별 하나에 추억과
별 하나에 사랑과
별 하나에 쓸쓸함과
별 하나에 동경과
별 하나에 시와
별 하나에 어머니, 어머니,

어머님, 나는 별 하나에 아름다운 말 한마디식 불러봅
니다. 소학교때 책상을 같이 햇든 아이들의 일홈과, 패,
경, 옥 이런 이국소녀들의 일홈과 벌서 애기 어머니 된
게집애들의 일홈과, 가난한 이웃사람들의 일홈과, 비둘
기, 강아지, 토끼, 노새, 노루, 「프랑시스 잠」「라이너 마
리아 릴케」 이런 시인의 일홈을 불러봅니다.

이네들은 너무나 멀리 있습니다.
별이 아슬이 멀듯이,

어머님,
그리고 당신은 멀리 북간도에 계십니다.

나는 무엇인지 그리워
이많은 별빛이 나린 언덕우에
내 일홈자를 써보고,
흙으로 덥허 버리였습니다.

딴은 밤을 새워 우는 벌레는
부끄러운 일홈을 슬퍼하는 까닭입니다.

그러나 겨울이 지나고 나의별에도 봄이 오면
무덤우에 파란 잔디가 피여나듯이
내 일홈자 묻힌 언덕우에도
자랑처럼 풀이 무성 할게외다.

—

별 헤는 밤 / 윤동주

계절이 지나가는 하늘에는
가을로 가득 차있습니다.
나는 아무 걱정도 없이
가을속의 별들을 다 헤일듯합니다.
가슴속에 하나 둘 새겨지는 별을 이제 다
못헤는것은 쉬이 아침이 오는 까닭이오,
내일밤이 남은 까닭이오,
아직 나의 청춘이 다하지 않은
까닭입니다.

—

별헤는밤 / 윤동주

가슴속에
하나둘
새겨지는
별을

초판1쇄 인쇄 2019년 12월 4일
초판1쇄 발행 2019년 12월 11일

지은이 이상,백석,정지용,윤동주
엮은이 편집부
펴낸이 최병윤
펴낸곳 알비
출판등록 2013년 7월 24일 제315-2013-000042호
주소 서울시 서대문구 증가로30길 29-2, 1층
전화 02-334-4045
팩스 02-334-4046

종이 일문지업
인쇄 한길프린테크

ISBN 979-11-86173-72-5 03810
가격 11,000원

「이 도서의 국립중앙도서관 출판예정도서목록(CIP)은 서지정보
유통지원시스템 홈페이지(http://seoji.nl.go.kr)와 국가자료공동
목록시스템(http://www.nl.go.kr/kolisnet)에서 이용하실 수 있습
니다.(CIP제어번호: CIP2019047188)」